세시에서 다섯시 사이

세시에서 다섯시 사이

도 종 환 시 집

차 례

제1부

세시에서 다섯시 사이

산벚나무 잎 한쪽이 고추잠자리보다 더 빨갛게 물들고 있다 지금 우주의 계절은 가을을 지나가고 있고, 내 인생의 시간은 오후 세시에서 다섯시 사이에 와 있다 내 생의 열두시에서 한시 사이는 치열하였으나 그 뒤편은 벌레 먹은 자국이 많았다

이미 나는 중심의 시간에서 멀어져 있지만 어두워지기 전까지 아직 몇시간이 남아 있다는 것이 고맙고, 해가 다 저물기 전 구름을 물들이는 찬란한 노을과 황홀을 한번은 허락하시리라는 생각만으로도 기쁘다

머지않아 겨울이 올 것이다 그때는 지구 북쪽 끝의 얼음이 녹아 가까운 바닷가 마을까지 얼음조각을 흘려보내는 날이 오리라 한다 그때도 숲은 내 저문 육신과 그림자를 내치지 않을 것을 믿는다 지난봄과 여름 내가 굴참나무와 다람쥐와 아이들과 제비꽃을 얼마나 좋아하였는지, 그것들을 지키기 위해 보낸 시간이 얼마나 험했는지 꽃과 나무들이 알고 있으므로 대지가 고요한 손을 들어 증거해줄 것이다

아직도 내게는 몇시간이 남아 있다
지금은 세시에서 다섯시 사이

지진

우리가 세운 세상이 이렇게 쉽게 무너질 줄 몰랐다
찬장의 그릇들이 이리저리 쏠리며 비명을 지르고
전등이 불빛과 함께 휘청거릴 때도
이렇게 순식간에 지반이 무너지고
땅이 꺼질 줄 몰랐다
우리가 지은 집 우리가 세운 마을도
유리잔처럼 산산조각 났다
소중한 사람을 잃었고 폐허만이 곁에 남았다
그러나 황망함 속에서 아직 우리 몇은 살아남았다
여진이 몇차례 더 계곡과 강물을 흔들고 갔지만
먼지를 털고 일어서야 한다
사랑하는 이의 무덤에 새 풀이 돋기 전에
벽돌을 찍고 사원을 세우고 아이들을 씻겨야 한다
종을 울려 쓰러진 사람을 일으켜세우고
숲과 새와 짐승들을 안심시켜야 한다
좀더 높은 언덕에 올라 폐허를 차분히 살피고
우리의 손으로 도시를 다시 세워야 한다
노천 물이 끓으며 보내던 경고의 소리

아래로부터 옛 성곽을 기울게 하던 미세한 진동
과거에서 배울 수 있는 건 모두 배워야 한다
지켜주지 못해서 미안하단 말은 그만하기로 하자
충격과 지진은 언제든 다시 밀려올 수 있고
우리도 전능한 인간은 아니지만
더 튼튼한 뼈대를 세워야 한다
남아 있는 폐허의 가장자리에 삽질을 해야 한다
우리가 옳다고 믿는 가치로 등을 밝히고
떨리는 손을 모두어 힘차게 못질을 해야 한다
세상은 지진으로 영원히 멈추지 않으므로

인포리

십리를 걸어 인포리에 도착했으나
마음을 누일 봉놋방은 없었다
오리를 더 걸어 강가에 이르렀으나
거기도 물소리뿐이었다
거친 붓자국이 선명한 하늘은 먹물빛이었다
귀퉁이에 남은 하늘색도 회색에 가려 희미했다
붓질을 한 이는 보이지 않고 먹물만 흘러내려
산허리를 덮었다 툭 툭 던져놓은
육중한 고독의 덩어리처럼 보이는 산자락 끝에
아주 작고 흐릿하게 나는 서 있었다
오는 동안 벌판에는 가등 하나 없었다
이십대 중반을 갓 넘긴 나이여서 나도
서툴기 짝이 없었으나
세상은 툭하면 발길로 나를 걷어차곤 했다
그때마다 이젠 끝이라고 말하고 싶었으나
그것도 쉽지 않았다
등불도 노새도 없이 넘어야 할 벼룻길만 앞에 있었다
안주 없는 찬 소주를 혼자 마시곤

빈 병을 강물에 던질 때면 강물이
잠깐 몇방울의 눈길을 내 쪽으로 던져주곤 했다
오늘도 어둠이 내리는 광막한 하늘 아래
혼자 눅눅하게 젖고 있는
또다른 내가 어디엔가 있으리라
홀로 찬 술을 마시며
손등으로 눈물을 훔치는 이 있으리라
입술이 팽팽하게 모여 건너야 할 강 쪽을 향해
마음보다 먼저 돌출해 있는 걸 자신도 모른 채
오래 강가에 앉아 있는 이 있으리라

황홀한 결별

이 세상에서 가장 샛노란 잎 한 장씩 내려 지붕의 반쪽을 덮고 나머지 반은 당신 가실 길에 깔아놓는 은행나무에게 누가 바이올린 소리를 들려주면 좋겠어요 은행잎이 떨어지면서 긋는 음표의 곡선들을 모아 오선지에 오려붙이며 당신을 생각했지요 가장 황홀할 때 결별하는 은행나무 밑에서 이 음악이 완성되면 어긋나는 우리의 운명도 아름다운 풍경이 될 것 같아서요

떡갈나무 잎 떨어져 날리는 동안 바람은 몸을 비벼 첼로의 낮은 음을 만들고 나는 그 소리에 내 비애의 키를 한 옥타브 내려 맞추었어요 내 슬픔은 비명소리보다 낮은 음에 더 잘 어울리거든요

오늘은 내 슬픔보다 더 많은 산벚나무 팽나무 갈참나무 작은 잎들이 결별하는 날 오후 내내 리기다소나무 잎들이 금빛 실비를 지상에 뿌리며 흐느껴 우는 날 나는 비처럼 내리는 초독(楚毒)을 향해 은빛 금관악기를 불었어요 내 어깨 내 손등을 바늘 끝으로 찌르며 쏟아지는 아픈 모음들

그러나 나는 파멸보다 먼저 가을이 찾아오고 노을이 아직도 내 한쪽을 불태우고 있을 때 이 산의 나무들과 내게 이별이 찾아온 걸 고맙게 생각했어요 이렇게 서서 이별의 끝을 향해 걸어가는 그대를 경배하는 오늘은 이 산의 모든 나무들이 나뭇잎을 떠나보내는 마지막 날

맨발

새벽까지 풀풀 눈발이 날리고 있다 혹한이 저수지 전체를 가득 얼리며 아래로 내려가고 있다 얼음 위에서 발그레한 맨발을 바장이던 청둥오리들이 오늘은 보이지 않는다

머물 곳을 찾지 못하는 영혼들이 지상에는 많다 그도 어둠을 잔뜩 묻힌 날개를 퍼덕이며 남쪽으로 내려갔을 것이다 야간열차의 속도에 몸을 파묻은 채 그의 방황도 소리치며 달려갔을 것이다 눈발처럼 떠도는 유목의 깃발을 들고 어둑새벽 플랫폼을 서성이다 날이 밝기도 전에 바다로 이어지는 비릿한 비탈길을 걸어내려가고 있을 것이다

머물지 못하는 제 정신의 몇페이지를 싸안다가 파도처럼 바위에 던지며 울고 있을 것이다 허공을 향해 날아오르는 그의 언 발을 잡아주지 못하였다 겨울에도 맨발인 그의 정신을 따뜻하게 만져주지 못하였다

내 영혼의 손도 그의 것처럼 외롭고 차가워서 다만 눈발에 몸을 적시며 그가 떠난 찬 하늘을 오래 지켜보고 있다

북쪽 끝에서 내려오는 한파의 선단이 천천히 강 하류의 얼
음 위에 닻을 내리고 있다

가을 오후

고개를 넘어오니
가을이 먼저 와 기다리고 있었다
흙빛 산벚나무 이파리를 따서 골짜기물에 던지며
서 있었다 미리 연락이라도 하고 오지
그랬느냐는 내 말에
가을은 시든 국화빛 얼굴을 하고
입가로만 살짝 웃었다
웃는 낯빛이 쓸쓸하여
풍경은 안단테 안단테로 울고
나는 가만히 가을의 어깨를 감싸안았다
서늘해진 손으로 내 볼을 만지다
내 품에 머리를 기대오는 가을의 어깨 위에
나는 들고 있던 겉옷을 덮어주었다
쓸쓸해지면 마음이 선해진다는 걸
나도 알고 가을도 알고 있었다
늦은 가을 오후

막차

오늘도 막차처럼 돌아온다
희미한 불빛으로 발등을 밝히며 돌아온다
내 안에도 기울어진 등받이에 몸 기댄 채
지친 속도에 몸 맡긴 이와
달아올랐던 얼굴 차창에 식히며
가만히 호흡을 가다듬는 이 하나
내 안에도 눈꺼풀은 한없이 허물어지는데
가끔씩 눈 들어 어두운 창밖을 응시하는
승객 몇이 함께 실려 돌아온다
오늘도 많이 덜컹거렸다
급제동을 걸어 충돌을 피한 골목도 있었고
아슬아슬하게 넘어온 시간도 있었다
그 하루치의 아슬아슬함 위로
초가을바람이 분다

발치(拔齒)

이를 빼고 치과를 나서니 스산한 바람이 분다
뿌리부터 흔들리고 있는 걸 그동안 몰랐다
아니 통증을 전하는 방식으로 여러 차례
알려왔으나 애써 무시하며 지냈다
이런 일 여러번 겪어본 아내는
바람이 사소하게 불어도 흔들릴 풍치의 나날과
둘 다 연금도 퇴직금도 없이 견뎌야 할 불안한
노후가 벌써부터 걱정이다
허전해지는 삶의 한 모서리 사리물고
초가을에서 깊은 가을로 돌아오는 길
옹송그리며 서 있는 과꽃 몇송이가 보인다
이파리 몇개는 벌레 먹고 군데군데 구멍이 났는데도
자줏빛 꽃 곱게 피우고 있는 게 예쁘다

풍경

이름 없는 언덕에 기대어 한 세월 살았네
한 해에 절반쯤은 황량한 풍경과 살았네
꽃은 왔다가 순식간에 가버리고
특별할 게 없는 날이 오래 곁에 있었네
너를 사랑하지 않았다면
어떻게 그 풍경을 견딜 수 있었을까
특별하지 않은 세월을 특별히 사랑하지 않았다면
저렇게 많은 들꽃 중에 한 송이 꽃일 뿐인
너를 깊이 사랑하지 않았다면

나무에 기대어

나무야 네게 기댄다
오늘도 너무 많은 곳을 헤맸고
많은 이들 사이를 지나왔으나
기댈 사람 없었다
네 그림자에 몸을 숨기게 해다오
네 뒤에 잠시만 등을 기대게 해다오
날은 이미 어두워졌는데
돌이킬 수 없는 곳까지 왔다는 걸 안다
네 푸른 머리칼에 얼굴을 묻고
잠시만 눈을 감고 있게 해다오
나무야 이 넓은 세상에서
네게 기대야 하는 이 순간을 용서해다오
용서해다오 상처 많은 영혼을

별 하나

흐린 차창 밖으로 별 하나가 따라온다
참 오래되었다 저 별이 내 주위를 맴돈 지
돌아보면 문득 저 별이 있다
내가 별을 떠날 때가 있어도
별은 나를 떠나지 않는다
나도 누군가에게 저 별처럼 있고 싶다
상처받고 돌아오는 밤길
돌아보면 문득 거기 있는 별 하나
괜찮다고 나는 네 편이라고
이마를 씻어주는 별 하나
이만치의 거리에서 손 흔들어주는
따뜻한 눈빛으로 있고 싶다

나무들

바람이 분다 나무들이
비탈에 서서 흔들리고 있다
많은 나무들이 주목받지 못하는 곳에서
혼자씩 젖고 있다
천둥과 번개의 두려운 시간도 똑같이 견디고
목숨의 뿌리가 뽑혀나갈 것 같은 바람과
허리까지 퍼붓는 눈을
고스란히 맞아야 하는 날도 해마다 찾아온다
우리보다 더 먼저 폭염의 햇살에 찔리고
더 오래 빗줄기에 젖는다
도시로 불려간 몇몇 나무들 빼고는
많은 나무들이 가파른 곳에 뿌리내리고 산다
그러나 그곳이 골짜기든 벼랑이든 등성이든
나무는 제가 사는 곳을 말없이 제 삶의
중심으로 바꿀 줄 안다
별들이 제가 있는 곳을 우주의 중심이라고 믿듯
그래서 늘 반짝반짝 빛나는 눈빛을 지니고 있듯
나무들도 빛나는 나뭇잎 얼굴을 반짝이며

무슨 신호인가를 하늘로 올려보내며
거기 그렇게 출렁이며 살아 있다

못난 꽃
박영근에게

모과꽃 진 뒤 밤새 비가 내려
꽃은 희미한 분홍으로만 남아 있다
사랑하는 이를 돌려보내고 난 뒤 감당이 안되는
막막함을 안은 채 너는 홀연히 나를 찾아왔었다
민물생선을 끓여 앞에 놓고
노동으로도 살 수 없고 시로도 살 수 없는 세상의
신산함을 짚어가는 네 이야기 한쪽의
그늘을 나는 가만히 바라보고 있었다
늘 현역으로 살아야 하는 고단함을 툭툭 뱉으며
너는 순간순간 늙어가고 있었다
허름한 식당 밖으로는 삼월인데도 함박눈이 쏟아져
몇군데 술자리를 더 돌다가
너는 기어코 꾸역꾸역 울음을 쏟아놓았다
그 밤 오래 우는 네 어깨를 말없이 안아줄 수 있어서
다행이었다
한점 혈육도 사랑도 이제 더는 지상에 남기지 않고
너 혼자 서쪽으로 걸어가고 있다는 이야기를
빗속에서 들었다

살아서 네게 술 한잔 사줄 수 있어서 다행이었다
살아서 네 적빈의 주머니에 몰래 여비 봉투 하나
찔러넣어줄 수 있어서 다행이었다
몸에 남아 있던 가난과 연민도 비우고
똥까지도 다 비우고
빗속에 혼자 돌아가고 있는
네 필생의 꽃잎을 생각했다
문학이 뭐 그리 대단한 일이라고
목숨과 맞바꾸는 못난 꽃
너 떠나고 참으로 못난 꽃 하나 지상에 남으리라
못난 꽃,

첫 매화

섬진강 첫 매화 피었습니다 곡성에서 하류로 내려가다가 매화꽃 보고는 문득 생각나서 사진에 담아 보냅니다 이 매화 상처 많은 나무였습니다

상처 없이 어찌 봄이 오고, 상처 없이 어찌 깊은 사랑 움트겠는지요

태풍에 크게 꺾인 벚나무 중에는 가을에도 우르르 꽃 피우는 나무 있더니 섬진강 매화나무도 상심한 나무들이 한 열흘씩 먼저 꽃 피웁니다 전쟁 뒤 폐허의 허망에 덮인 집집마다 힘닿는 데까지 아이를 낳던 때처럼 그렇게 매화는 피어나고 있습니다

첫 꽃인 저 매화 아프게 아름답고, 상처가 되었던 세상의 모든 첫사랑이 애틋하게 그리운 아침 꽃 한 송이 처절하게 피는 걸 바라봅니다 문득 꽃 보러 오시길 바랍니다

지리산 문수골에서 원규가

구인산

쓸쓸해서 고맙다

쓸쓸하지 않고 어찌 시인일 수 있으랴

된새만 따라오는 저녁

혼자 넘는

구인산 고갯길

하현

반쪽 달빛으로도 뜰이 환하다
산딸나무 흰 잎이 달빛으로 더욱 희게 빛나서
산짐승들 길 찾기 어렵지 않겠다
중국에서 왔다는 발효차 달여 마시며
고적(孤寂)의 뒤를 따라오는 호젓함을 바라본다
숲의 새들도 고요의 죽지에 몸을 묻고
입술을 닫은 한밤중
잔별 몇개 따라나와
밤의 한 귀퉁이 조금 더 윤이 나는데
남은 몇모금의 환한 시간을 아껴 마시며
반쯤 저문 달 바라본다

저물 날만 남았어도 환하다는 것이 고맙다

제2부

꽃밭

내가 분꽃씨만한 눈동자를 깜빡이며
처음으로 세상을 바라보았을 때
거기 어머니와 꽃밭이 있었다
내가 아장아장 걸음을 떼기 시작할 때
내 발걸음마다 채송화가 기우뚱거리며 따라왔고
무엇을 잡으려고 푸른 단풍잎 같은 손가락을
햇살 속에 내밀 때면
분꽃이 입을 열어 나팔소리를 들려주었다

왜 내가 처음 본 것이 검푸른 바다 빛이거나
짐승의 윤기 흐르는 잔등이 아니라
과꽃이 진보랏빛 향기를 흔드는 꽃밭이었을까

민들레만하던 내가 달리아처럼 자라서
장뜰*을 떠나온 뒤에도 꽃들은 나를 떠나지 않았다
내가 사나운 짐승처럼 도시의 골목을 치달려갈 때면
거칠어지지 말라고 꽃들은 다가와 발목을 붙잡는다
슬픔에 잠겨 젖은 얼굴을 파묻고 있을 때면

괜찮다 괜찮다고 다독이며
꽃잎의 손수건을 내민다

지금도 내 마음의 마당 끝에는 꽃밭이 있다
내가 산맥을 먼저 보고 꽃밭을 보았다면
꽃밭은 작고 시시해 보였을 것이다
그러나 꽃밭을 보고 앵두나무와 두타산을 보았기 때문에
산 너머 하늘이 푸르고 싱싱하게 보였다
꽃밭을 보고 살구꽃 향기를 알게 되고
연분홍 그 향기를 따라가다 강물을 만났기 때문에
삶의 유장함에 대해 생각하게 되었다

내가 처음 눈을 열어 세상을 보았을 때
거기 꽃밭이 있었던 건 다행이었다
지금도 내 옷소매에 소박한 향기가 묻어 있는 것이

*충북 증평읍의 옛 이름.

스물몇살의 겨울

나는 바람이 좋다고 했고 너는 에디뜨 삐아프가 좋다고
했다 나는 억새가 부들부들 떨고 있는 늦가을 강가로 가자
고 했고 너는 바이올린 소리 옆에 있자고 했다 비루하고 저
주받은 내 운명 때문에 밤은 깊어가고 너는 그 어둠을 목도
리처럼 칭칭 감고 내 그림자 옆에 붙어 서 있었다

너는 카바이드 불빛 아래 불행한 가계를 내려놓고 싶어
했고 나는 독한 술을 마셨다 너는 올해도 또 낙엽이 진다고
했고 나는 밤하늘의 별을 발로 걷어찼다 이렇게 될 줄 알면
서 너는 왜 나를 만났던 것일까 이렇게 될 줄 알면서 우리
는 왜 헤어지지 않았던 것일까

사랑보다 더 지독한 형벌은 없어서 낡은 소파에서 너는
새우잠을 자고 나는 딱딱하게 굳은 붓끝을 물에 적시며 울
었다 내가 너를 버리려 해도 가난처럼 너는 나를 떠나지 않
았고 네가 절망의 영토를 떠났다고 해서 절망이 너를 떠나
지 않는 것인 줄 그때는 몰랐다 서른을 넘기고도 어떻게 얼
굴을 들고 살 수 있을지 막막한 겨울이었다

이제 너는 없고 나만 남아 견디는 욕된 날들 가을은 해마다 찾아와 나를 후려치고 그럴 때면 첫눈이 오기 전에 죽고 싶었다 나는 노을이 좋다고 했고 너는 목탄화가 좋다고 했다 나는 내 울음으로 피리를 불고 싶다고 했고 너는 따뜻한 살 속에 시린 손을 넣고 싶다고 했다 오늘도 어김없이 밤은 찾아오고 오늘도 운명처럼 바람은 부는데 왜 어디에도 없는가, 너는

빙하기

벌목을 하다 잠시 쉴 때면 자작나무에 등을 기댄 채 떨어진 자작나무 껍질 주워 편지를 쓰곤 했다 자작나무 껍질은 희고 얇아서 마음의 몇조각을 옮겨 적기에 알맞았다 백년에 이백여리씩 녹으며 후진하는 빙하가 남긴 영토를 따라 우리는 북쪽으로 올라갔다 야크와 순록과 여우가 먼저 올라갔고 늑대의 발자국을 따라 우리가 그 뒤를 따랐다

빙하기로부터 시작한 내 어린 날의 결빙이 언제 풀릴지 그때는 짐작할 수 없었다 월세 이천원짜리 쪽방에 기거하는 동안 연탄불이 자주 꺼졌다 손도끼로 침엽수 도막을 잘게 부수어 십구공탄에 불을 붙이는 동안 삶은 매캐했고 문짝도 없는 부엌부터 일찍 어두워졌다 내가 눕는 윗목에는 그릇의 물이 바로바로 얼었고 내 몸도 밤새 달그락거렸다

추운 지방에 사는 사람들이 늘 그렇듯 나는 말이 없었다 한마을에 사는 친구와도 졸업 때까지 두세 마디 짧은 말밖에 주고받지 않았다 말을 할 때도 눈을 내리깔거나 시선을 피하는 것은 영하의 숲에 사는 이들의 특징이기도 했다 그

러나 추위는 사람을 느리지만 끈질기게 만드는 힘이 있었다

　흑야는 길었고 일찍 진 해는 늦게 떠올랐다 수렵을 그만
둔 아버지도 정착할 곳을 정하지 못한 나도 각각 우울하였
다 보드까는 추위를 이기기에 좋았다 고독한 늑대 한 마리
멀리서 측은하게 나를 바라볼 때도 있었다 그때 고독한 것
들에게 보낸 자작나무 엽서는 어느 숲과 바람 속을 떠돌고
있을까 생각하는 저녁이면 어둠과 칼바람이 친구처럼 찾아
와 오래 곁에 머물곤 했다

복도

그 긴 복도를 다 지나가야 했다 복도 끝에 수도가 있었고 세숫대야에 퍼서 끼얹어주는 수돗물을 한 번이라도 더 받으려고 아우성치는 죄수들과 발가벗고 복도를 달려갔다 이삼분 정도나 될까 서너 차례 물세례를 받으면 행운이었다 미리 칠하고 간 비눗물이 다리 사이로 채 미끄러지기도 전에 다음 사람들에게 자리를 비켜주어야 했다 그것도 목욕이라고 수건으로 짐승 같은 시간의 방울방울을 털어내며 돌아서다 준이를 만났다

나보다 더 털이 숭숭한 준이는 내가 담임한 아이였다 그러지 않아도 쪼그라붙을 대로 쪼그라붙은 불알이 달그락거리며 어찌할 줄 몰라했다 칠십며칠 학교를 오지 않아 퇴학처리 할 수밖에 없던 준이는 사람을 찌르고 나보다 먼저 거기 와 있었다 우리는 서로 쳐다보고 말을 하지 못했다 아이들 앞에 떳떳한 교사가 되겠다고 떠들며 돌아다니다 나는 거기까지 끌려간 것이었는데 준이를 만나고는 그 말을 하기가 민망해졌다

그 긴 복도를 다 지나와야 했다 다른 감방 사람들이 물기 맛본 살을 이리저리 비틀며 지나가는 몸들을 쳐다보았다 해

바라기가 노랗게 피어 있는 여름이었다 감옥 밖으로 나와
서도 나는 자주 알몸으로 긴 복도를 지나가고 있다는 생각
을 했다 무슨 소리인가 창 안에서 주고받는 걸 알면서도 어
쩔 수 없었다

악령

나도 나무들처럼 몸을 가누기 힘들었다
앞으로 나아가려다 갓길로 밀려날 때가 많았다
영마루에선 북서풍이 모질게 불어왔다
며칠째 나를 따라다니던 악령의 숨결이 바람 속에
섞여 있는지도 모른다고 생각했다
빠가니니가 영혼을 팔았던 그 악마는
빠가니니의 음악과 함께 불멸하고 있으므로
이 산속에도 떠돌고 있을 것이다
여왕의 사랑과 소녀의 사랑을 함께 가져다주고
알프스산맥 북쪽을 넘는 찬탄과 도박의 유혹과
매독균의 사랑을 한꺼번에 주었으므로
디오니쏘스가 건네는 한 잔의 광기와
오직 한 사람에게만 부여되는 소리의 카리스마도
그는 축복처럼 받았다
꼰체르또를 들으며 눈물짓던 소년시절
나는 이 감동의 물살이 악마의 선물인 줄 몰랐다
기타와 바이올린을 위한 협주곡에 빠진 지도
십오년이 넘었다

그만 떠돌고 빠가니니처럼 삼년씩 성에 갇혀
한 여자를 위한 노래를 만들 수 있다면
그것도 생의 축복이라 생각했다
그러나 생의 후반 처절하게 파멸하면서
죽어서도 신성한 땅에 묻히지 못한 채
동굴에 방치된 그의 영혼은 바람 속을 헤매며
오늘도 사람과 나무들을 흔든다
이 바람 속에서 살아남은 나무 몇그루 골라
사람들은 내일도 바이올린을 만들 것이다
내 뼈와 심줄 몇가닥도 그 현의 하나로 섞일 수 있을까
느슨해진 영혼의 심줄을 악마가 거들떠보기나 할까
바람 속에서 갈기털을 휘날리며 산을 넘는다

귀뚜라미

　밤을 새워 우는 일밖에 할 줄 아는 게 없던 날이 있었다 나의 노래는 나의 울음 남들은 내 노래 서늘하다 했지만 나는 처절하였다 느릅나무 잎은 시나브로 초록을 지워가는데 구석지고 눅눅한 곳에서 이렇게 스러져갈 순 없어서 나의 노래는 밤새도록 울음이었다 어떤 날은 아무도 들어주는 이 없어서 어떤 날은 어디에도 가여운 몸 깃들일 곳 없어서 밤마다 내 영혼 비에 젖어 허공을 떠돌았고 떠도는 동안 흥건한 울음이 생의 굽이 많은 시간을 적시곤 했다 남들이 눈물로 읽은 시는 울면서 혼자 부른 노래였다 가을이 저 혼자 아래로 아래로 몸을 내리는 뜨락에 여린 몸을 부르르 떨며 귀뚜라미 우는데 너는 왜 이제 울지 않느냐고 물으며 왜 온몸으로 울지 않느냐고 네가 그렇게 찾던 이름 왜 지금은 부르지 않느냐고 왜 차가운 시간에 맞서지 않느냐고 물으며 귀뚜라미는 우는데

발자국

발자국
아, 저 발자국
저렇게 푹푹 파이는 발자국을 남기며
나를 지나간 사람이 있었지

히브리 노예들의 합창을 들으며

히브리 노예들의 합창을 듣고 있으면 가슴 기슭으로 물
결이 밀려오는 게 느껴진다 삼십년 전의 젊은 물결이 강을
때리고 사막의 나날도 노예의 시간도 받아들이자던 이들
향해 물방울처럼 튀어오르는 목소리를 던지던 젊은 그를
본다 바다를 건너자고 돌아가자고 젖은 근육을 밀고 나오
던 푸른 핏줄 같은 그의 목청

여기까지 오는 동안 먼저 쓰러져 끝내 일어나지 못한 벗
들이 떠오르고 자유까지는, 잃어버린 그 땅까지는 아직 멀
었다는 생각 탑은 무너지고 상처를 추스르지 못하는 이들
은 늘어나고 젊은 벗들은 더 나아가기를 주저하는데 피보
다 붉던 줄장미는 시들고 감동 없는 예언들은 범람하고 우
기는 몰려오리라 하는데

나뭇잎 물고 돌아오리라던 새는 구름에 가려 보이지 않
는다 기다리던 날은 오지 않았을까 놓쳐버린 시간 새처럼
날아가버린 꿈이 더 가슴 아프다 돌아선 꽃들은 얼마나 많
았던가 생매장당한 육축들의 썩은 몸이 무리지어 떠내려

오는 건 아닌지 황토빛 울음을 게워내던 강이 스스로 몸을 버리는 날이 오고 있는 건 아닌지 두려워지면서 나는 합창의 볼륨을 높인다

다시 그 땅을 만날 수 있을까 신호처럼 배 몇척을 보내놓고 기다리고 계실까 우리의 합창이 강 건너 기슭에 닿을 수 있을까 비탈과 언덕에서 날개를 접을 수 있을까 날아라 노래여 물결이 멈추지 않아 우리도 멈출 수 없다 출렁이는 합창 아프고 쓰라리고 높고 장엄한 그 노래를

악기

언덕 위에서 누군가 트럼펫을 분다
그때 우리가 불었던 악기도 저런 소리를 냈었다
서툴지만 뜨거웠던 소리
열정이 아니면 음악이 아니라고 믿었던 소리
미숙하지만 노래 한 곡으로도
세상을 다 얻은 것 같던 소리
다 용서받을 수 있다고 믿었던 소리
몸속으로 악기소리만을 서둘러 채우고는
민망하여 허겁지겁 악기를 챙겨 넣으며
지퍼를 올리던 날들
너무 이르거나 미처 준비가 되지 않아
스쳐가고 만 사람들
저 악기소리 속에는
그런 순간 그런 얼굴이 들어 있다
이제 나의 악기소리는 매끄럽지만
열정의 뜨거운 숨소리는 없다
내가 뿜어내는 음표들은 세련된 활이 되어 날아가지만
그때 그 풋풋함은 없다

언덕 위에서 누군가 젊은 트럼펫을 분다

돌고래 열병식

동해에서 돌고래 군사의 사열을 받았다
수천 마리 돌고래 병사들이 매끈한 정장을 하고
물결 위에 안장을 얹은 채 올라타서는
물의 안과 밖을 넘나들며 대오를 지어 지나갔다
장엄한 열병식이었다
나는 거수경례를 하며 돌고래 병사들 옆을 지나갔다

육지에서도 이런 열병식을 하던 날이 있었다
벚꽃나라 백성들이 끝도 없이 늘어서서 손을 흔들었다
나는 왼쪽 가슴에 한 편의 시를 휘장처럼 단 채
구례에서 화개까지 거수경례를 하며
그 눈부신 길을 지나갔다
중간중간에 고개 숙여 목례를 하거나
희고 고운 손으로 내 손을 잡고 흔드는 이도 있었다

우로 봣! 하고 외치는 구령에 따라
일제히 고개를 돌리는 교련복들 틈에 끼여 있을 때부터
이 나이 될 때까지 평생 졸병으로 살아온 내가

단지 시인이라는 이유만으로 사열을 받는 건
분에 넘치는 대접이었다
나는 내 거수경례가 꽃의 나라에 대한 동맹 표시
돌고래 제국에 대한 경물 의식이라 생각했다

물 안에서든 물 밖에서든
경계 경계마다 자유로운 유영을 오래 꿈꾸었으므로
망명하고 싶었다 다만
꽃의 나라 신민으로 남은 임기가 있어서
고래순시선 갑판에 서서 거수경례를 하며
돌고래 병사들 옆을 천천히 지나갔다

통영

당포 앞바다는 나전칠기 빛이었다 돌벅수 둘이 저물면서도 전복껍데기처럼 반짝이는 바다를 바라보고 있었다 돌장승이지만 입술 오목하게 오므리고 웃는 눈자위가 순해서 좋았다

섬 사이로 또 섬이 있었다 굳이 외롭다고 말하는 섬은 없었다 금이 가지 않은 바위는 없었다 그렇다고 상처를 특별히 내세우는 벼랑은 없었다 전란도 있고 함정도 있고 곡절 많은 날들도 있었지만 그게 세월이었다

윤이상도 이중섭도 그걸 보고 갔을 것이다 그들이 바라보았을 저녁바다를 나도 망연히 바라본다 통영에는 갯벌이 없다 바위 사이를 비집고 다니며 많이 움직여야 먹이를 구할 수 있는 건 어류들만이 아니었다

통영에 다녀온 뒤로는 해수욕장이 있는 늘씬한 해안보다 고깃배가 달각달각 모여 있는 바닷가 마을이 좋았다 밀려오는 바다 밀려가는 세월을 발끝으로 툭툭 건드리며 누워

있는 섬들이 나는 좋았다

맹수

그는 밀림의 제왕이다
그러나 차지한 영역은 있으나 영토는 없고
먹잇감은 있으나
백성도 머리를 조아리는 신하도 없는 왕이다
그는 숲의 강자이다
그러나 그를 경계하는 무리는 많아도
우러러보는 짐승은 없다
우기가 찾아오면 사슴도 원숭이도 숲을 떠나는데
그는 영역을 지키느라 서너 달씩 굶주리곤 한다
굶주려도 풀을 뜯거나 나뭇잎의 초록을 씹지 않는 게
왕의 자존심
그러나 제 영역을 침범한 사나운 놈과 싸워 지기라도 하면
바로 꼬리를 내리고 초라한 뒷걸음으로 물러나야 한다
어떤 때는 열다섯번에 한번쯤 사냥에 성공할 때도 있고
먹다버린 썩은 고기를 핥아야 하는 날도 있다
맹수라고 하지만
코뿔소나 버펄로와 정면에서 겨루어본 적 드물고
전열을 흐트러뜨린 뒤 길 잃은 어린것의 목을 물어뜯는

것이

　제왕의 일반적인 사냥법이다

　가치에 대해 생각해본 적 없고

　진보라든가 공생, 평화로운 숲에 대해 사고해본 적 없다

　그건 초식동물이나 하는 일

　더 크고 사나운 이빨

　더 젊고 큰 발톱에 밀려 터전을 잃거나

　사냥에서 상처를 입고 쓰러져 신음할 때

　새 한 마리 그를 위로해주지 않는다

　어떤 나무 어떤 바람도 그를 위해 울어주지 않는다

　그는 강자였고 늘 포효하며 살았으므로

　짓밟고 죽이고 누리며 평생 살았으므로

　하소연을 들어줄 착한 짐승이나

　죽음을 지켜줄 풀잎을 가까이 두어본 적 없었으므로

라일락꽃

꽃은 진종일 비에 젖어도
향기는 젖지 않는다
빗방울 무게도 가누기 힘들어
출렁 허리가 휘는
꽃의 오후

꽃은 하루종일 비에 젖어도
빛깔은 지워지지 않는다
빗물에 연보라 여린 빛이
창백하게 흘러내릴 듯
순한 얼굴

꽃은 젖어도 향기는 젖지 않는다
꽃은 젖어도 빛깔은 지워지지 않는다

늦은 꽃

꽃은 더디 피고 잎은 일찍 지는 산골에서 여러 해를 살았지요 길어지는 나무들의 동안거를 지켜보며 나도 묵언한 채 마당이나 쓸었지요 내 이십대와 그 이후의 나무들도 늦되는 것이 얼마나 많았던지요

늦게 피는 내게 눈길 주는 이 없고 사랑도 나를 알아보지 못한 채 낙화는 빨리 와 꽃잎 비에 젖어 흩어지며 서른으로 가는 가을은 하루하루가 스산한 바람이었지요 내 마음의 꽃잎들도 젖어 뒹굴며 나를 견디기 힘들어했지요

이 산을 떠나는 날에도 꽃은 더디 피고 잎은 먼저 지겠지요 기다리던 세월은 더디 오고 찬란한 순간은 일찍 지평에서 사라지곤 했으니 내 남은 생의 겨울도 눈 내리고 서둘러 빙판 지겠지요

그러나 이 산에 내 그림자 없고 바람만 가득한 날에도 기억해주세요 늦게 피었어도 그 짧은 날들이 다 꽃 피는 날이었다고 일찍 잎은 지고 그 뒤로 오래 적막했어도 함께 있던 날들은 눈부신 날이었다고

제3부

소녀

 소녀 칠월의 사과처럼 연둣빛으로 빛나는 익을 대로 익
은 것 같은 그러나 아직 수확기를 경험하지 않은 시장에 나
가본 적 없는 처음 자란 그 나무에 푸르게 매달려 대롱거리
는 젖내음 같은 뽀얀 향기가 살에 남아 있으나 이미 칠월까
지 와버린 풋풋한 사과의 그녀 배중률을 부정하는 그녀
 여자이면서 여자가 아직 아니라고 하는 밀물 썰물이면서
아직 바다가 아닌 어떻게든 엄마의 그늘을 벗어나려고 콩
콩거리는 언젠가는 가난한 어머니가 될 공무원도 되고 비
정규직도 될 유모차를 끌기도 하고 마초를 만나 치를 떨기
도 할 그러나 참으로 당찬 유쾌하고 발랄하고 맞장을 뜨자
고 겁 없이 소리지르기도 하다가 귀뚜라미를 보고 놀라 자
빠지는 햇불보다 촛불이 잘 어울리는 달빛과 별빛을 좋아
하면서도 햇살의 폭포를 거부하지 않는 경계에 서 있는 경
계에 서서 양쪽으로 끌려가다가 경계를 중심으로 바꾸기도
하는 교복 속에 갇혀서 교복을 벗어나려는 몸들이 팽팽하
게 전진해나오는 저항을 한순간에 축제로 바꾸어버리는 폭
발하는 폭발하는 몸의 심지들

새벽 초당

초당에 눈이 내립니다
달 없는 산길을 걸어 새벽 초당에 이르렀습니다
저의 오래된 실의와 편력과 좌절도
저를 따라 밤길을 걸어오느라
지치고 허기진 얼굴로 섬돌 옆에 앉았습니다
선생님, 꿈은 이루어지지 않습니다
무릉의 나라는 없고 지상의 날들만이 있을 뿐입니다
제 깊은 병도 거기서 비롯되었다는 걸 압니다
대왕의 붕어(崩御)도 선생님에겐 그런 충격이었을 겁니다
이제 겨우 작은 성 하나 쌓았는데
새로운 공법도 허공에 매달아둔 채 강진으로 오는 동안
가슴 아픈 건 유배가 아니라 좌초하는 꿈이었을 겁니다
그렇습니다 노론은 현실입니다
어찌 노론을 한 시대에 이기겠습니까
어떻게 그들의 곳간을 열어 굶주린 세월을 먹이겠습니까
하물며 어찌 평등이며 어찌 약분(約分)*이겠습니까
그래도 선생님은 다시 붓을 들어 편지를 쓰셨지요
산을 넘어온 바닷바람에

나뭇잎이 몸 씻는 소리를 들으며 잠을 청하고
새벽에 일어나 찬물에 이마를 씻으셨지요
현세는 언제나 노론의 목소리로 회귀하곤 했으나
노론과 맞선 날들만이 역사입니다
목민을 위해 고뇌하고 싸운 시간만이 운동하는 역사입
니다
누구도 살아서 완성을 이루는 이는 없습니다
자기 생애를 밀고 쉼 없이 가는 일만이
우리가 할 수 있는 진미진선의 길입니다
선생님도 그걸 아셔서 다시 정좌하고 홀로 먹을 갈았을
겁니다
텅텅 비어버린 꿈의 적소(謫所)에서 다시 시작하는 겁니다
눈발이 진눈깨비로 바뀌며
초당의 추녀는 뚝뚝 눈물을 흘립니다
저도 진눈깨비에 아랫도리가 젖어 있습니다
이 새벽의 하찮은 박명으로 돌아오기 위해
저의 밤은 너무 고통스러웠습니다
댓잎들이 머리채를 흔듭니다

바람에 눈 녹은 물방울 하나 날아와

눈가에 미끄러집니다

*상대적 차별(分)을 없애서(約) 평등에 돌아가게 된다는 말.
 『장자』「추수편」에서.

일몰

지평선을 향해 해가 천천히 내려가고 있었다
구릉 위에 있는 무너진 절터에서
지는 해를 바라보았다
사암으로 쌓은 성벽의 붉은 돌 위에도
노을은 장밋빛으로 깔리고
폐허는 황홀하였다

그가 폐사지 근처 어디를 혼자 떠돌고 있다는
소식을 들은 것도 거기서였다
젊은 날 그와 나는 새로운 세상을 세우려다
비슷한 시기에 둘 다 뇌옥에 갇혔다
그가 맨 앞에서 곤봉에 머리를 맞아 피 흘리면
내 옷을 찢어 피투성이 된 그의 얼굴을 감쌌고
내가 쓰러지면 그가 옆에서 울었다

왕국이 가장 강성할 때 지은
거대한 사원도 무너져 있었다
끝이 안 보이는 병사들을 사열하던

왕의 테라스는 적막하였고
햇빛을 하얗게 달구어 공중으로 튕겨내던 창들도
영원히 하늘을 찌르지는 못했다

일몰 속에서 나는 우리가 꾸었던 꿈도
이루어지지 않은 꿈의 파편들도
다 그것대로 아름답다고 생각했다
꿈은 언제나 꿈의 크기보다 아름답게
손에 쥐어졌다 사라지는 것
그리고 안타까움이 남아 있는 날들을
부축해 끌고 가는 것이다
내일은 다시 내일의 신전이 지어지리라
시대의 객체로 밀려나 폐허의 변두리를
걷고 있을 덥수룩한 수염의 그를 생각했다
익명의 쓸쓸한 편력도 나쁘지 않으리라 생각했다
지평선을 넘어가는 해가 그를 보고 있을 것이다
찬란한 폐허 위에 그와 내가 함께 있는 것이었다

젖

지진으로 도시 전체가 무너진 쓰촨성의 한 마을
돌더미 밑에서 갓난아이 하나를 구해냈지요
누구네 집 아이인지 부모 중 누구라도 살아남았는지
그런 걸 먼저 확인해야 하는
긴 절차를 향해 아이를 안고 달려가다
그녀는 벽돌과 씨멘트 더미 위에 앉아서
재가 뽀얗게 내려앉은
제복 윗옷 단추를 하나하나 끌렀지요
천막 사이를 돌며 의사를 찾거나
물 가진 사람 없어요 소리치기 전에
그녀는 젖을 꺼내 아이에게 물렸지요
놀람과 두려움과 굶주림으로 컥컥 막히는 식도
억눌린 어린 뼈와 상처 사이를 비집고 나오다
끊어지곤 하는 울음을 무엇으로 달래야 하는지
그녀는 더 생각하지 않았지요
먼지 묻은 땀방울인지 눈물인지
젖을 빠는 아이의 이마에 똑똑 떨어졌지요
가슴을 다 내놓고 폐허 위에 앉아

그녀가 아이에게 젖을 먹이는 동안

여진도 요동을 멈추고

우주도 숨을 쉬지 않은 채 잠시 그대로 있었지요

아직 살아 있는 모든 아이의 어머니인 그녀

그해 여름

숲의 나무들은 진종일 허리를 구부리고 울었다
여기저기서 나뭇잎이 얼굴과 등짝을 번갈아 뒤집으며
몸부림치거나 옆의 나무 허리를 붙잡고 소리없이 울었다
스크럼을 짜고 우는 나무들도 있었다
산의 갈비뼈를 흔들던 흐느낌은 산맥을 타고 오르기도
했다
나라에 큰 슬픔이 있던 초여름이었다
연초부터 벼랑으로 몰린 사람들이
망루를 오르다 불에 타 죽고
죽은 몸은 다시 냉동되어 여름까지도
망각의 상자 속에 갇혀 이승에 방치되어 있었다
경찰과 깡패가 한 개의 방패 뒤에 저희
그림자를 가리고 발맞추어 지나가고 나면
신문은 무기가 된 활자의 볼트와 너트를
지나가는 사람들에게 마구 던졌다
검게 그을린 영혼들을 위해 미사를 집전하던
신부는 용역들에게 맞아 성체와 함께 나뒹굴었고
신부님이 두들겨맞았다는 말에

어머니는 묵주를 쥐고 부들부들 떨었다
수백의 시인들이 다시 조시를 쓴다는 말이 들려왔다
부러진 칼을 필통에서 꺼내 연필을 깎으며 나도
흐느껴 우는 나무들에게 몇줄 편지라도 쓰고 싶었다
슬픔이 장마처럼 하늘을 덮었다
하늬바람에 밀려갔다 하는 어느 오후
국정원 직원에게 걸려온 전화를 받았다
내 이름도 압핀에 꽂혀 자기들 일정표 모서리에
걸려 있다고 말했다
슬퍼하는 이는 넘쳐났으나
잘못했다고 말하는 이는 없이 여름이 지나가고
숲의 나무들만 여러 날씩 몸부림치며 울었다
어제는 뒷마당에서 청죽 몇그루 허리를 꺾고 쓰러지고
차벽(車壁)을 가운데 두고 무거운 구름과 뜨거운 바람이
대치하는 동안 비는 오르고 내리는 길마다 쏟아졌다
곳곳에서 길이 끊어지거나 후퇴하는 여름이었다

금빛 하늘

하루치의 노동을 끝내고 서쪽을 향해 가던 신들이
고개를 돌려 아침에 떠나온 곳을 돌아보는 동안
솟대 끝에 앉은 나무새들도 그 모습을 바라보다
엉덩이 쪽을 꼼지락거린다
빛이 숲을 주재하던 시대는 곧 잊히고
다시 어둠이 올 것이다
주류와 자주 불화하던 나도
나무기러기가 보고 있던 금빛 하늘을 바라보았다
내 안에 각자 자기 영토를 세운 부족들과
어떤 시간은 충돌하고 어떤 영역에선 휴전하면서
오늘도 하루치의 벌판을 지나왔다
내가 그러건 말건 말벌들은 열심히 집을 지었고
무쇠로 된 바퀴를 가진 것들은 제 궤도를 돌았다
여름에 거두지 않은 열매들은 혼자 익다가
얼굴을 붉히며 돌아가고
가을이 오기 전에 어떤 잎은 몸을 버리고
어떤 녹색의 관엽들은 상처를 안은 채 몸을 비틀었다
우리끼리 주고받은 상처가 많아서

잘 치유되지 않는 날이 더 아팠다

나도 비주류에서도 다시 이류가 될 줄은 몰랐다

이제 강을 사이에 둔 내 안의 여러 부족들 중

한 무리가 모든 영토를 점령하고 쓸어버려야 한다는

집념을 버려야겠다

경계가 있어서 긴장도 있고

피톨들도 팽팽해지곤 할 것이다

길이 내 앞에서 몸을 틀어 꼬리를 흔들며 사라지는 걸

망연히 바라보아야 하는 날도 있었으나

언젠가는 다시 그 길과 조우하는 날이 올 것이다

신들이 마시다 남기고 간 하늘의 포도주를 마시며

나도 그들이 바라보던 쪽을 오래 쳐다보고 있다

환절기

여름은 가을로 아프게 넘어갔다
여름이 너무 길고 격렬해
올가을엔 단풍이 늦어지겠지만
기온이 낮아질수록 단풍은 곱게 물든다고 했다
여름은 가을로 스산하게 넘어갔다
일교차는 가난한 이들에게 더욱 커
낡은 외투의 깃을 자꾸 끌어올려야 했고
의지할 데 없는 이들은 옛 술집 근처로 모였다
새로 닦아놓은 길은 황폐해지고
실망한 나무들은 일찍 잎을 버려서
이슬이 내리기도 전에 마을은 눅눅하였다
여름은 가을로 아슬아슬하게 넘어갔다
구름도 흑백사진의 한 귀퉁이처럼 웅크리고 있었다
어이없이 쫓겨난 채 집의
허울을 붙들고 있는 이들에게도
전기도 수돗물도 끊긴 가을은 왔고
탐욕이라고 불러도 좋고
환멸이란 수식어를 붙여도 좋을

폭력적인 한 시대가 긴 그림자로
골목을 둘러싸고 있었다
팔 한짝을 잃어버린 옷소매처럼 마음
허공으로 풀풀 날려다녔지만
비루함과 무기력의 껍질을 벗고
귀뚜라미처럼 더듬이를 허공에 올린 채
이 터질 것 같은 순간에 대해 타전하고 싶었다
우리가 어쩌하지 못하는 시간 말고
천천히 바뀌며 우리 머리 위를 지나가고 있는
또하나의 거대한 시간 쪽을 향해

쏭바*

건기인데도 강물은 도도히 흐르고 있었다
아버지와 어린 아들이 소 여러 마리를
강으로 끌고 들어가 몸을 씻기고 있었다
가슴까지 차는 물속에서 짙은 고동색 몸을 씻으며
물을 치받는 쇠등 위로 알몸의 아이가
올라탔다 미끄러지며 깔깔대는 소리가
강 햇살과 함께 반짝이며 떠내려왔다
수십년 전쟁을 통해 얻은 작은 평화의 한때를
사람과 짐승이 함께 누리고 있었다
그러나 해방은 완성이 아니고
승리는 거대한 난관의 또다른 시작일 뿐임을
강물은 알고 있었을 것이다
어떤 투쟁이든 값진 것은 과정일 뿐
목숨을 걸었던 전사들은 한산하게 흔들리는
즈아나무 밑에서 강물을 바라보며 담뱃불을 붙일 뿐
물에서 나온 소들이 뿔싸움을 하며
장난치는 모습을 빙긋이 웃으며 바라볼 뿐
목장은 자본을 아는 이들의 손에 쥐어져 있었다

값진 것은 전선에 있던 시절이었다고
피 흘리며 싸우던 날들이었다고
이제는 친구가 된 강물이 말하는 소리를 들으면서

* 베트남 중부 뚜이호아 시 한복판을 흐르는 강.

몸에 대한 블라지미르 쏘로킨*의 발제

지난 세기 우리에게는 육체가 없었다
대부분의 주인공들은 바지와 치마를 입은
형이상학적인 구름과 같았다
영웅의 시대에는 집단적인 몸만 있었고
활기찼던 혁명의 열기는 무거운 공기 속에 화석화되어
갔다
문학은 자신의 시대보다 오래 살아남지 못하였으며
씨멘트로 만든 기념비 유쾌한 제철공 헌신적인 간호사
들을
끌어안은 채 잊혀갔다
그리고 모든 것은 붕괴되었다
한 세기는 끝났고 상처는 만만하지 않았다
무너진 틈 사이를 비집고 새롭게 태어나기 시작한 몸은
책과 램프 기름냄새로 가득한 뚜르게네프의 영지와
악령**의 어두운 거실로 쳐들어갔으며
음산한 풍경 속에서 근육질 몸을 흔들기 시작했다
느끼고 숨쉬고 음식을 삼키고 술을 마시고
쎅스를 하고 죽이고 잉태하기를 열렬하게 갈망했다

자신의 얼굴을 더듬고 상처를 어루만지며
육체적이면서 육체를 초월하는
지평을 향해 나아가고 싶어했다
그러나 그 넘쳐나는 몸들로 인해 지치거나
탁한 공기 마신 듯
구역질을 하게 될지도 모른다
그러면 다시 원하게 될 깨끗한 바람과 고매한 사유와
투명한 주인공들의 형상 너머
고통스러울 정도로 익숙한 러시아가 떠오를 것이다
아직 갈지 않은 들판과 자작나무 심어진 숲
비스듬히 피어오르는 굴뚝 연기
낮게 띠를 두르고 있는 푸른 숲 위의 고독한 먹구름
……우리는 또다시 새로운 꿈을 꾸게 될 것이다
모든 몸이 제자리를 찾아 돌아가는 꿈을

*러시아의 소설가.
**도스또예프스끼의 소설 제목.

미하일 고르바초프의 신

청년시절 나는 공산사회의 이상에 빠졌습니다 젊은 나에게 정의와 평등은 거역할 수 없는 가치였습니다 그러나 어떤 모형을 사회에 강제로 도입하기 위해 인간적 가치들을 버려야 한다면 그것 또한 폭력이라는 결론을 내리는 데 내 생애 전체가 걸렸습니다 내가 자유의 복구를 시작하였지만 이 이데올로기 공백을 자본의 물결로 덮어버리는 걸 찬성하진 않습니다 자유도 사람과 자연과 사회의 원리와 통합하면서 착실하게 길 밟아나가야 합니다 지금 우리 민중은 영감도 잃고 지도자도 잃고 변화에 참여할 마당도 잃었습니다 어려운 시대에 나는 농부였던 우리 부모가 내게 물려준 상식을 잊지 않았습니다 상식은 균형과 절제에 대한 감각이기도 합니다 흙에 대한 애정은 내게 굴하지 않는 정신과 지혜를 주었습니다 그리고 소박함과 겸손함, 함께 노동하는 마을공동체를 통해 연대하는 마음과 관용을 잊어버린적 없습니다 그들이 애정을 갖고 있는 땅 그들이 종종 고개들어 바라보는 하늘과 별들은 나의 신입니다 자연이 나의신이요 나무들은 나의 신전이고 숲은 대성당입니다 나는저녁 밀밭에서 메추라기 협주곡을 들으며 자연의 교향곡

속에 녹아들게 할 것입니다 내 남은 생애를

* 네덜란드의 환경저널리스트 프레드 매처와 나눈 고르바초프
의 이 이야기는 *Resurgence* 184호에 실려 있으며 김정현 번
역으로 『녹색평론』 68호에 옮겨 실렸다.

강

할머니 한 분 또 돌아가셨다
오래오래 고요하게 흘러오신 분
송사리 모래무지 쑥부쟁이와 함께
순하고 숫되던 분
물가에 복사꽃 수줍던 날
속적삼 갈기갈기 찢기고
삽날에 찍혀 단속곳 피 낭자하던 날
발기한 중장비들 으르렁거리며 밀려오던 날
비명도 통곡도 흙탕물에 휘감겨 떠내려가던 날
어린 몸을 낮밤없이 파헤치고 들쑤셔놓던 날
군속인지 업자인지 구분이 안되는 놈들이
여기까지 왔는데 어쩌겠느냐고
전쟁중이라 나도 힘들다고
너희도 좋은 거 아니냐고
군표 딱지 나누어주며 속도전을 펴던 날
한 생애가 거기서 허리 꺾여 무참하던 날
그뒤로 오래오래 꽃잎은 하염없이 지고
나머지 생이 모두 하염없었고

되돌려놓을 수 없는 청춘 무참하였고
여윈 손들끼리 모여 항의집회와 소송과 모멸과
공탁금과 치 떨리는 순간들과
대답 없는 한 시대가
생의 나머지 물줄기를 채운 뒤
속절없이 할머니 한 분 또 돌아가셨다

겨울비

아침부터 겨울비 내리고 바람 스산한 날이었다
술자리에 안경을 놓고 가셨던 선생님이
안경을 찾으러 나오셨다가
생태찌개 잘하는 곳으로 가자고 하셨다
선생님은 색 바랜 연두색 양산을 들고 계셨고
내 우산은 손잡이가 녹슬어 잘 펴지지 않았다
손에 잡히는 것마다 낡고 녹슨 게 많았다
그래도 선생님은 옛날이 좋았다고 하셨다
툭하면 끌려가 얻어맞기도 했지만
그땐 이렇게 찢기고 갈라지지 않았다고 하셨다
가장 큰 목소릴 내던 이가
제일 먼저 배신하는 날이 올 줄은 몰랐다고
철창 안에서도 두려움만 있는 게 아니라
담요에 엉긴 핏자국보다 끈끈한 어떤 게 있었다고 하셨다
옛날이나 지금이나 여전히 겁이 많은 선생님은
한쪽으로 치우친 것보다 중도가 좋다고 하시면서
안경을 안 쓰면 자꾸 눈물이 난다고 하시면서
낮부터 '처음처럼'만 두 병 세 병 비우셨다

왼쪽에서 보면 가운데 있는 이를
오른쪽에서 보고는 왼쪽에 있다고 몰아붙이는 세월이
다시 오고 추적추적 겨울비는 내리는데
선생님 옛날이야기를 머리만 남은 생태도
우리도 입을 벌리고 웃으며 듣고 있었다
이제 다시 돌아갈 수 있는 옛날은 없는데
주말에는 눈까지 내려 온 나라 얼어붙는다고 하는데

사막

마른바람이 모래언덕을 끌고 대륙을 건너는
타클라마칸 그곳만 사막이 아니다
황무지가 끝없이 이어지는 시대도 사막이다
저마다 마음을 두껍고 둔탁하게 바꾸고
여리고 어린 잎들도 마침내 가시가 되어
견디는 일 말고는 아무것도 생각할 수 없는 곳
그곳도 사막이다
우리 안에도 선인장 가시 같은 것이 자라나
여차하면 남을 찌르고 내게 날카로워지는데
뜨거움은 있으나 서늘한 숨결은 없지 않은가
오직 전속력으로 그곳을 벗어나고자 하는 곳
연민도 눈물도 없이 사는 이곳도 사막 아닌가
눈 줄 데 없는 황량하고 메마른 풍경 속에서
모두 다 카우보이가 되어버린

카이스트

젖은 꽃잎 비에 다시 젖으며
수직으로 떨어져내렸다
──우리는 이 학교에서 행복하지 않습니다
남아 있는 꽃잎들이 그렇게 말하며 울고 있었다
우리도 이 세상에서 행복하지 않다
카이스트 울타리 밖도 여전히 카이스트
징벌적 통보를 받고 차등 대우를 받고
탈락하고 천천히 잊혀간
꽃잎들은 얼마나 많았는가
카이스트보다 더 어린 꽃들도 불행하고
카이스트보다 더 진도가 나간 인생들도
이 밤 혼자 쓴잔을 마시며
빗발 몰아치는 숲의 나뭇잎을 보고 있다
우리는 겨우 이런 세상을 만들어놓은 것이다
흔들리는 나무 위에서 하루하루 끔찍한

천변지이(天變地異)

목련나무 꽃눈을 바람과 햇볕이 오후 내내 흔들고 있다
봄꽃은 꽃 아닌 것들이 저렇게 몰려다니며 꽃으로 바꾸어
놓을 것이다 불은 불 아닌 채 허공을 떠돌던 것들이 달려와
한순간에 불로 바꾸어놓듯 존재는 비존재에 의해 불꽃으로
타오르는 것이니까

강물의 살을 파헤치는 자들과 대지를 죽은 짐승의 몸과
피로 가득 채운 자들은 나 아닌 것들을 죽이는 것이 곧 나
를 죽인 것임을 알게 되리라 살아 있는 짐승을 겨우내 생매
장한 동토 위에 제비꽃 피기를 기다리지 마라 비명소리 흥
건히 흘러넘치는 겨울 들판에 우리는 우리 육신을 파묻고
돌아온 것이다

폭발물 덩어리를 바닷가마다 세워놓고 저것을 녹색의 따
뜻한 에너지라 믿게 해달라고 기도하는 이들은 스텔스 전
폭기가 영변을 폭격하고 주전자 물이 다 끓기도 전에 대포
동 미사일이 고리 원자로에 떨어져 사방 오십리 잿더미가
되고 방사능이 황사처럼 반도를 덮는 절멸의 날이 오면 어

디에 잠자리를 정하고 어디서 어린 자식들을 키울 것인가
어느 바다에 고깃배를 띄우고 그물을 던질 것인가

　비존재가 죽으면 존재도 죽는 것이다 우리 몸의 구멍이
란 구멍에서 수액이 저를 토해내고 흙에서 난 것들을 차마
먹을 수 없는 날이 오고 그대 몸을 빠져나간 바람이 그대
안으로 들어올 수 없는 날이 찾아와도 그대 살아 있다 할
것인가 목련꽃 흔들던 바람이 그대 영혼을 흔들지 못하는
날이 와도 그대 살아 있다 하겠는가

노 모어 후꾸시마

쯔시마 유우꼬*에게

하루종일 창문이 덜컹대더니 저녁에는 진눈깨비 내렸다
갓 피어난 산수유꽃이 젖은 눈에 다시 얼겠다 편서풍이 일
본 쪽으로 부니 안심해도 된다는 일기예보를 눌러 끈다

노 모어 후꾸시마 당신은 악몽이라고 했다 나쁜 꿈은 괴
로운 현실로 이어지고 두려움은 분노로 바뀌었다고 했다
도시를 떠나는 사람들 행렬과 남겨진 난파를 보면서 당신
은 노 모어 후꾸시마 뒤에 마침표를 찍었다 소방대원을 이
끌고 있는 다까야마 유끼오 대장은 가장 어려운 건 어디에
위험이 있는지 알 수 없는 것이라 했다

물을 마실 수 없고 시금치도 해산물도 먹을 수 없게 된 도
시들을 바라보며 당신은 얼마나 절망하고 있을까 한 젊은
어머니는 자기가 마신 방사능이 아이에게 젖으로 흘러들어
갈까 두렵다고 말했다 우리는 끓고 있는 활단층 대지 위에
원폭의 터빈을 돌리고 있었던 것이다 누더기가 된 채 스리
마일과 체르노빌 경계에 서 있는 저것은 언제든지 폐허로
바뀔 수 있는 문명의 얼굴 피폭당한 인간의 오만함이다

조용하고 선량한 눈으로 책상 너머를 가만히 지켜보곤 하던 당신이 슬픔과 분노의 노심이 융해된 목소리로 원전 폐지운동을 시작해달라고 말하는 걸 들으며 흐린 하늘을 올려다본다 몸을 수직으로 일으켜세운 채 달려오던 분노의 쓰나미가 잦아들고 자만의 날들이 겸손함으로 돌아선 뒤 다시 봄볕이 찾아오면 봄햇살 긴 줄기가 당신의 정원에 오래 머물러 있기를 바란다 기울어진 석등을 다시 일으켜세우고 지난해 당신이 심은 고산식물에도 봄꽃이 피길 기원한다 노 모어 후꾸시마

＊일본의 소설가.

제4부

바이올린 켜는 여자

바이올린 켜는 여자와 살고 싶다
자꾸만 거창해지는 쪽으로
끌려가는 생을 때려엎어
한 손에 들 수 있는 작고 단출한 짐 꾸려
그 여자 얇은 아래턱과 어깨 사이에
쏙 들어가는 악기가 되고 싶다
왼팔로 들 수 있을 만큼 가벼워진
내 몸의 현들을 그녀가 천천히 긋고 가
노래 한 곡 될 수 있다면
내 나머지 생은 여기서 접고 싶다
바이올린 켜는 여자와 연애하고 싶다
그녀의 활에 내 갈비뼈를 맡기고 싶다
내 나머지 생이
가슴 저미는 노래 한 곡으로 남을 수 있다면
내 생이 여기서 거덜나도 좋겠다
바이올린 소리의 발밑에
동전바구니로 있어도 좋겠다
거기 던져주고 간 몇닢의 지폐를 들고

뜨끈한 국물이 안경알을 뿌옇게 가리는
포장마차에 들러 후후 불어
밤의 온기를 나누어 마신 뒤
팔짱을 끼고 어둠속으로 사라지고 싶다
바이올린 켜는 여자와 살 수 있다면

악보

상가 꼭대기에서 아파트 쪽으로 이어진
여러 줄의 전선 끝에
반달이 쉼표처럼 걸려 있다
꽁지가 긴 새들과 초저녁별 두어 개도
새초롬하게 전깃줄 위에 앉아 있다
돌아오는 이들을 위해
하늘에다 마련한 한 소절의 악보
손가락 길게 저어 흔들면 쪼르르 몰려나와
익숙한 가락을 몇번이고 되풀이할 것 같은
노래 한 도막을 누가
어두워지는 하늘에 걸어놓았을까
이제 그만 일터의 문을 나와
한 사람의 여자로 돌아오라고
누군가의 아빠로 돌아오라고
새들이 꽁지를 까닥거리며
음표를 건너가고 있다

처처불상

스펑나무 뿌리가 석굴을 덮으며
천천히 폐허가 되어버린
따프롬 사원 무너진 회랑 한 귀퉁이에
잘린 돌부처의 발 두 개를 주워다 놓고
발 아래 촛불과 향을 피워놓은 채
늙은 보살은 조용히 앉아 있었다

처처불상(處處佛像)

발목도 그녀에겐
부처의 전부인 것이다

무너진 절 틈에서 걸음을 멈춘 채
오랜 적멸에 들어 있던 부처의
발을 주워 가슴에 안고
보살은 얼마나 간절하였을 것인가

사랑하면 부처 아닌 게 없다

개

저녁 무렵 어둑어둑해지는 골목길
개는 쏜살같이 달려간다
주인은 쫓아가다 말고
발을 구르며 소리소리 친다

내 속에도
저런 짐승 한 마리 있다
끈이 풀리면 휑하니 달려나가
어두운 공기 속을
미친 듯이 쏘다니다 돌아와야
맺힌 데가 풀리는

짐승,
짐승으로 돌아가
야생의 풀냄새에 코를 처박고 갈기털을 흔들고 싶은 날
이 있다 가축으로 살기 이전에 맡았던 흙의 향기 그 숫된
향기가 흘러나오는 바람의 방향을 따라 쏜살같이 질주하고
싶은 날이 있다 황음의 골짜기를 누비고 다니던 날처럼 네

발로 달려가고 싶다 목뼈에서 등줄기를 타고 내리는 빗방
울의 난타에 젖으며 척박한 데를 쏘다니고 싶다

　말없이 개밥그릇 옆에 턱을 고이고 땅바닥에 배를 깔고
있다가 밥그릇을 발로 차고 문을 뛰쳐나가고 싶은 날이 있
다 초원의 짐승이 되어 달려가고 싶은 날 천둥치는 자유의
들 끝에 서 있고 싶은 날이

비둘기

양식을 하늘에서 찾지 않은 지 오래되었다
광장의 돌바닥 위에 먹이가 뿌려지면
일제히 날개를 펴고 지상으로 날아든다
사람의 손때가 묻은 먹이는 푸석푸석하고 따뜻했다
벌레처럼 꿈틀거리는 긴장과 저항도 없고
씨앗을 지키는 떫고 시큼한 과육도 없는
밋밋한 먹이를 향해 전속력으로
부리를 쪼아대는 습관이 어느새 몸에 깊이 배었다
부피는 작지 않지만 허기를 채우기엔 부족한
지상의 양식들을 입안에 넣었다가 목이 메어
뱉어낼 수도 삼킬 수도 없는 순간들을 자주 만나곤 했다
그때마다 발갛게 언 발로 땅을 차곤 하지만
날아오르기 위한 발돋움은 아니다
오늘도 상가 옥상에 재푸른 몸을 기대고 있거나
가등 위에 앉아 하늘을 올려다보곤 하지만
날개는 오르는 일보다 쏜살같이 내려가는 비행에
길들여져 있다 하늘을 다 잊은 건 아니라고
자신에게 주문처럼 되뇌어보지만

비대해진 몸은 지상에 던져지는 먹이를 향해
민감하게 반응한다
도시의 건물 아래쪽 허공만을 제 영토로 축소시킨 채
크고 푸른 하늘은 접어버린 비둘기
무리지어 몰려다니는 비둘기, 비둘기떼

은은함에 대하여

은은하다는 말 속에는 아련한 향기가 스미어 있다
은은하다는 말 속에는 살구꽃 위에 내린
맑고 환한 빛이 들어 있다
강물도 저녁햇살을 안고 천천히 내려갈 땐
은은하게 몸을 움직인다
달빛도 벌레를 재워주는 나뭇잎 위를 건너갈 땐
은은한 걸음으로 간다
은은한 것들 아래서는 짐승도 순한 얼굴로 돌아온다
봄에 피는 꽃 중에는 은은한 꽃들이 많다
은은함이 강물이 되어 흘러가는 꽃길을 따라
우리의 남은 생도 그런 빛깔로 흘러갈 수 있다면
사랑하는 이의 손 잡고 은은하게 물들어갈 수 있다면

연두

초록은 연두가 얼마나 예쁠까?

모든 새끼들이 예쁜 크기와 보드라운 솜털과

동그란 머리와 반짝이는 눈

쉼 없이 재잘대는 부리를 지니고 있듯

갓 태어난 연두들도 그런 것을 지니고 있다

연두는 초록의 어린 새끼

어린 새끼들이 부리를 하늘로 향한 채

일제히 재잘거리는 소란스러움으로 출렁이는 숲을

초록은 눈 떼지 못하고 내려다본다

한 송이 꽃

이른 봄에 핀
한 송이 꽃은
하나의 물음표다

당신도 이렇게
피어 있느냐고
묻는

노루잠

노루잠이 들었다 깨니 저녁이었다 추녀 밑에서 흐린 물감을 풀어 천천히 하늘을 손질하며 오늘 하루도 문 닫을 채비를 하는 게 보였다 치근덕대며 나를 따라다니던 비루한 욕망은 어디로 갔는지 보이지 않았다 그로 인해 몸이 자주 피곤하였다 그 비루함으로 어떤 때는 발걸음에 힘이 들어가고 옆 의자에 앉은 이가 예뻐 보이기도 한다는, 이 부인할 수 없는 목소리를 어떤 날은 내치고 어떤 날은 은근히 기다리며 구두 끝에 묻은 흙을 털기도 하다가 어느새 동무가 되었다

쪽잠이 든 사이 낮술에 취한 듯한 시간이 가고 그도 다른 일거리를 찾아 슬그머니 나를 빠져나가고 오랜만에 혼자가 되었다 저녁 무렵 혼자 되니 이것도 참 좋다 가만히 있는 허술한 몸을 바람이 발길로 툭툭 건드려보다가 간다

채송화

송악초등학교 담 옆 채송화 연노랑 꽃잎 속으로 작은 벌한 마리가 붕붕거리며 날아들어갑니다 탱탱한 날갯짓 소리가 몸 가까이 다가오는 동안 채송화는 얼마나 가슴이 콩당거렸을까요? 이제 겨우 봄 여름을 건너왔을 뿐인 여린 이 꽃은 사람으로 치면 몇살쯤 되는 소녀일까요? 채송화가 꽃잎을 조금 오므린 채 몸을 옆으로 돌리고 있는 동안 뾰족하게 달아오른 입술로 가장 황홀한 향기의 중심을 여는 어린호박벌 솜털이 보송보송한 채로 날개 떠는 소리가 이제 막변성기를 지나는 중인 이 소년은 언제 연애처럼 떨리는 일이 세상에서 가장 위대한 일임을 배웠을까요?

와온에서

내 안에도 출렁이는 물결이 있다
밀물이 있고 썰물이 있다
수만개 햇살의 꽃잎을 반짝이며
배를 밀어보내는 아침바다가 있고
저녁이면 바닥이 다 드러난 채 쓰러져
눕는 질척한 뻘흙과 갯벌이 있다
한 마장쯤 되는 고요를 수평선까지 밀고 가는
청안한 호심이 있고
제 안에서 제 기슭을 때리는 파도에
어쩌지 못하고 무너지는 모래성이 있다
내 안에 야속한 파도가 있다
파도를 잠재우려고
바다를 다 퍼낼 수도 없어*
망연히 바라보는 바다
밀물 들고 썰물 지는
갯비린내 가득한 바다가

*성문스님 법문 중 한 대목.

굿모닝마트

올해 들어 가장 추웠다는 날 아침
굿모닝마트 쓰레기통 옆에서
젖이 축 늘어진 작은 개 한 마리
검은 쓰레기봉지 물고 씨름을 한다
어린 티 벗은 지 얼마나 됐다고
어디 가서 애비도 모르는 새끼를 배어왔느냐고
악다구니할 어미도 없이
손등을 핥으면 머리털 쓰다듬어주며
사료봉지를 풀던 주인도 없이
아침부터 쓰레기를 뒤진다
풀리지 않는 쓰레기봉지의 매듭을
이빨로 물고 흔들 때마다
분홍빛 젖과 거기 매달린 젖꼭지가
함께 흔들린다
그 속에서 닭뼈 하나를 찾아 먹고서라도
개는 입춘이 지나면
이 골목 어디에선가
살빛이 뽀얀 새끼들을

고물고물 낳아놓을 것이다
올해 들어 가장 추웠다는 날 아침

싹

관엽 어린 싹이
손가락을 비틀며 올라온다
줄기와 뿌리 모두가
저거 하나를 밀어올리는 게
생의 전부였다는 듯
나무도 그쪽만 들여다보고 있다
어제는 조봉암이 사형 오십이년 만에
무죄선고를 받았다는데
오늘 아침엔 그대 아직도 꿈꾸고 있는가
묻던 소설가 돌아가셨다
꿈이 우리를 얼마나 비참하게 만들었는지
얼마나 가혹한 형벌이었는지 알고 있지만
관엽이여
그래, 우리가 꿈꾸지 않으면
이 엄동에 누가 아름다운 꿈을 꾸겠는가
꿈의 어린 혀,
어둔 흙 속에서도 스러지지 않는 열망이여
연두여,

도금

그대가 금잔에 빛 고운 술을 건네도
나는 한 모금도 입술에 대지 않으리
그대 몸을 감은 영락(瓔珞)의 방울들 찬란해도
그대 눈부심에 결코 눈 주지 않으리
도금의 시대여
궁정악이 뿜어내는 현란한 음악소리 높아도
악기의 녹슨 몸통을 가릴 수 없는 시대여
일찍 찾아온 무서리에 쓰러진
저 푸른빛의 슬픔을 나는 노래하리
유효기간이 다 되어가는 황홀한 식탁을 위해
나는 단 한 곡의 음악도 연주하지 않으리
풍찬노숙을 견디는 저 꽃들
적빈을 택한 향기를 노래하리
오오 도금의 시대여

사려니 숲길

어제도 사막 모래언덕을 넘었구나 싶은 날
내 말을 가만히 웃으며 들어주는 이와
오래 걷고 싶은 길 하나 있으면 얼마나 좋을까
나보다 다섯배 열배나 큰 나무들이
몇시간씩 우리를 가려주는 길
종처럼 생긴 때죽나무 꽃들이
오리 십리 줄지어 서서
조그맣고 짙은 향기의 종소리를 울리는 길
이제 그만 초록으로 돌아오라고 우리를 부르는
산길 하나 있으면 얼마나 좋을까
용암처럼 끓어오르는 것들을 주체하기 어려운 날
마음도 건천이 된 지 오래인 날
쏟아진 빗줄기가 순식간에 천미천 같은 개울을 이루고
우리도 환호작약하며 물줄기를 따라가는 길
나도 그대도 단풍드는 날 오리라는 걸
받아들이게 하는 가을 서어나무 길
길을 끊어놓은 폭설이
오늘 하루의 속도를 늦추게 해준 걸

고맙게 받아들인 삼나무 숲길

문득 짐을 싸서 그곳으로 가고 싶은

길 하나 있으면 얼마나 좋을까

한라산 중산간

신역(神域)으로 뻗어 있는 사려니 숲길 같은

제일(除日)

사흘째 눈이 내렸다
부엌으로 들어오는 물길도 얼어붙은 채
몸을 풀지 않는다
녹지 않는 눈과 목련나무 언 가지에
잠시 몸을 얹은 채 이마를 드는 겨울 햇살을
삭풍이 다가가 자꾸 흔든다
창가의 푸른 관엽 몇그루가 그걸 내다보고 있다
분에 담긴 몇촉의 난과 어린 싱고니움 잎도 푸르다
엄동에도 푸른 잎을 지니고 있는 게
생각처럼 쉬운 일은 아니다
사나운 바람 속에서 살지 않았으니
하고 말하긴 쉽지만 안팎 없이 모진 세월을
산다는 걸 알고 있지 않은가
오늘은 한 해의 마지막 날
혹한 속에서 한 평 남짓한 햇살을 마주하고 앉아
고요한 몇시간을 혼자 보낸다
모진 세월 속에서 푸르게
자신을 지키는 이들이 있는 걸 안다

그들이 있어서 고맙다

혹한이 몰아치는데도 가까이 가보면

그들은 박하향 같은 걸 지니고 있다

작은 것에도 크게 위안받는 날이 많아졌다

눈구름은 머리 위를 떠돌고 숲에는 곧 그늘이 들겠지만

이 오후의 고요한 온기가 조금만 더 연장되면 고맙겠다

구도(求道)의 힘, 치열한 사랑의 아름다움
도종환의 삶과 시 다시 읽기

배창환

이 글은 해설이 아니다. 시인 도종환과 그의 시에 대한 명상이라 하면 조금 무겁고, 단상(斷想)이라 하면 적당할 듯하다. 시인으로부터 '그냥 좋은 글 한편 쓴다고 생각하고 써달라'는 부탁을 받고는 새롭고 참신한 시각을 보여줄 재간이 내게 없음에도, 몇마디 보탤 수는 있지 않을까 하는 생각에서 큰 고민 없이 덜컥, 그러기로 했다.

그가 과문하고 아둔한 나에게 발문을 부탁한 것은 아마도 내가 그와 오래도록 가까이 지내며 그의 시와 삶을 읽어올 기회를 누렸던 벗이면서, 교육운동과 문학운동을 함께

해온 동지인 까닭일 것이다. 우리는 말하자면 서로가 '도
반(道伴)'이라 할 수 있을 터인데, 때로는 나란히 걷기도 하
였으나 그는 언제나 저만치 전열(前列)에 서서 가고 있었다.
하지만 그가 속도위반을 한 것은 아니다. 그는 늘 한결같은
걸음으로 가는데, 내 걸음이 느린 것뿐이다. 덕분에 나는 그
의 앞모습과 옆모습뿐 아니라 '뒷모습'까지 고루 볼 수 있
었다.

새 시집 원고를 받아들고 페이지를 넘기기 전에 혼자 궁
금했던 것은, 다소 엉뚱하지만 그가 시집 제목을 무엇으로
했을까 하는 것이었다. 지금까지 십여권에 달하는 그의 시
집들이 하나같이 담긴 시들의 정신을 포괄하면서도 인상
깊은 제목을 달고 나왔기 때문이었는데 아니나 다를까, '세
시에서 다섯시 사이'라는 제목을 보면서 나는 깜짝 놀랐다.
그리고 그가 오랜 시간 갈고닦아온 내공의 깊이를 새삼 확
인했다. 그의 이번 시집에 이보다 더 잘 어울리는 제목을
찾을 수는 없을 것이다.
　지금이 '세시에서 다섯시 사이'라면 우리가 만난 것은 언
제쯤일까 하는 생각이 자연스레 이어졌다. 그는 1980년 광
주항쟁 당시 그의 부대가 시민군을 진압하라는 명령을 받
아 언덕숲에서 M16 자동소총 가늠자를 들여다보며 시민군
이 오기를 기다렸던 비극적 경험을 해야 했던 시각, 곧 "광

주라는 갈림길에서" 그의 "인생은 광주 이전과 광주 이후로 갈라졌"다 했다(「나의 삶 나의 시 10」, 한겨레신문 2010년 9월 4일자). 그렇다면 대구 학생운동의 메카로 불렸던 '곡주사 할매집' 뒷방과 청주 영운동 이층집에서(거기서 그의 아내가 밤늦게까지 우리의 술국을 끓여주고 식으면 데워주곤 했었다) 문학과 시대현실을 밤새워 토론하면서 곧 의기투합하여 '분단시대' 문학동인을 전격 결성해 민족민중문학운동의 대열에 합류했던 때는 낮 열두시가 조금 지난 시간이었을 것이다.

그러다 사랑하는 아내의 죽음을 맞고, 벽지로 좌천되고 해직, 구속으로 이어진, 고통과 절망의 극점에 섰던 때가 오후 한시쯤이리라. 그리고 결연한 의지로 밤을 낮 삼아 일하고 싸우다, 이번엔 그 자신이 과로와 심신쇠약으로 쓰러져서 학교를 그만두고 입산하여 새로운 도(道)를 만나던 때가 오후 두시. 다시금 몸을 일으켜 진보적 문학운동단체의 든든한 중심으로 매주 하산과 입산을 번갈아하면서 새로운 삶의 전기를 마련하기 시작한 때가 오후 세시 무렵……

보통사람으로선 하나같이 감당하기 어려운 난관과 시련을 돌파해온 시인은 자신이 걸어온 길에 어떤 의미를 부여하고 있을까.

모순투성이의 날들이 내게 오지 않았다면

내 삶은 심심하였으리

그물에서 빠져나오려고 몸부림치지 않았다면

내 젊은 날은 개울 옆을 지날 때처럼

밋밋하였으리 무료하였으리

갯바닥 다 드러나도록 모조리 빼앗기고 나면

안간힘 다해 당기고 끌어와

다시 출렁이게 하는 날들이 없었다면

내 영혼은 늪처럼 서서히 부패해갔으리

고마운 모순의 날들이여

싸움과 번뇌의 시간이여

―「밀물」 전문, 『해인으로 가는 길』

그에게 삶은 "모순투성이의 날들"이었고, "그물에서 빠져나오려고 몸부림치"던 날들이었으며, "갯바닥 다 드러나도록 모조리 빼앗"긴 것들을 "안간힘 다해 당기고 끌어"오던 날들이었다. 하지만 그런 날들이 있었기에 자신의 영혼이 "부패"하지 않고 "출렁"일 수 있었다면서, "모순의 날들"이나 "싸움과 번뇌의 시간"을 고마워하는 역설 위에 자신의 삶과 시를 놓고 있다.

세시 이전의 그의 시는 어떤 얼굴이었을까.

그의 시는 단정하다. 이는 그의 시가 그의 삶에 정확하게 조응하고 있다는 걸 말해준다. 그의 시는 주로 자유시와 산문시의 양식 안에서 움직이며 형식적인 실험 대신 자기 자신과의 치열한 긴장과 대결을 보여준다. 그는 문청 시절에는 온통 치기로 좌충우돌하는 '퇴폐적 낭만주의자'였다고 쓴 적이 있지만 문학운동에 뛰어든 이후 나는 그가 한번도 흐트러지는 모습을 본 적이 없다. 말하자면 그는 철저하게 '단정한' 리얼리스트로 살았던 것이다. 어두운 시대의 터널을 너무 오래도록 무겁게 지나온 그에게는 모든 일을 그 자리에 내려놓고 입산하게 만들었던 그 병도, 어쩌면 피해가기 어려운 '굽이'였으리라.

그의 시는 치열하고 비장하다. 아내를 멀리 보내고 독재 정권의 탄압이 가중될수록 시의 비장미는 깊어졌다. 언젠가 어떤 지면에 소개할 그의 대표작을 이야기할 때 그는 나에게 「담쟁이」가 어떠냐고 했지만 나는 「옥천에 와서」가 좋겠다고 말했다.

새해엔 또 어디로 쫓기어 갈 것인가
아직 돌도 안 지난 아이를 노모께 맡기고
겨우 말을 배우기 시작하는 큰애가 문에 서서
빨리 다녀오라고 민들레처럼 손을 흔들 때
자주 오지 못하리란 말일랑 차마 못 하고
손을 마주 흔들다 돌아서며

아내여, 당신을 생각했다
이 싸움은 죽어서도 끝날 수 없는 싸움임을 생각했다
세상을 옮겨간 당신까지 다시 돌아와
아이들을 지켜주어야 하는 싸움임을 생각했다
슬픔보다는 비장함이어야 한다
　　　　　　　　　　—「옥천에 와서」부분, 『접시꽃 당신』

살아평생 옷 한 벌 못 해주었던 아내(「옥수수밭 옆에 당신을 묻고」, 『접시꽃 당신』), 결혼반지를 빼서 남편의 학비를 마련해주고, 남편의 반 아이 등록금으로 첫아이 돌잔치 비용을 선뜻 내준 아내, 자신의 눈을 다른 이에게 기증해달라는 말을 남기고 하늘로 간 서른두살의 꽃다운 아내였다. 그녀는 시인의 가장 가까운 동지였다.

그녀를 보내고 얼마 지나지 않아서였다. 동인들과 함께 찾아간 무덤 앞에서 그는 연필로 또박또박 쓴 시를 품에서 꺼내 읽었다. 「접시꽃 당신」이었는지, 「옥수수밭 옆에 당신을 묻고」였는지, 둘 다였는지 기억이 분명치 않지만, 아내 앞에 시로써 밝힌 그 맹세의 순간이 이후 그의 삶을 가파르게 밀고 갈 힘이 되리라는 것을 그때 나는 느꼈다. 그리고 그가 운명적으로 시인이 될 수밖에 없었던 사람임을 깨달았다. 이후 그의 앞에 놓인 길은 멀고도 험했고 구불구불했지만, 그는 지금까지 그 길을 흐트러짐 없이 곧은 걸음으로 다 걸어왔다. 그 길에서 뽑아올린 "비장하고 낙관적인"
(김명인, 『울타리꽃』해설), 그리고 "참다운 슬픔의 힘"(김사인,
『내가 사랑하는 당신은』발문)을 가진 치열한 사랑 노래가 바
로 그의 시다.

그의 시는 '부드러운 직선'을 닮았다. 90년대 이후 "많
은 이들이 벌써 떠났고, 남아 있던 이들도 이제 더는 견디
지 못하고 부산히 짐을 꾸리고 있는 길"(김남일, 『부드러운 직
선』발문) 위에 그는 의연히 남았다. 그는 "유려한 곡선의 집
한 채가/곧게 다듬은 나무들로 이루어진 것을"(「부드러운 직
선」, 『부드러운 직선』) 보면서 그의 길 역시 그러해야 함을 노
래한다. 많은 이들이 절망에 빠져 있던 순간에도 자리를 굳
게 지키면서 묵묵히 일할 수 있었던 것은, 그가 대중과 더
불어 성장해온 교육운동과 지역문화운동의 지도자였고, 그
의 곁에는 대중들이 남아 있기 때문이었다(그가 충북 땅에
서 무엇을 이루었으며, 이루려고 했는가를 떠올려보면 금
방 이해할 수 있을 것이다).

그는 혼자 앞서가는 계몽주의자가 아니다. 대중의 바로
한 발 앞에서 대중과 어깨를 함께하며 나아가는, 곧 '한 사
람이 열 걸음'이 아니라 '열 사람이 한 걸음을' 걷는 법을
운동을 통해 체득한 사람이다. 그가 과로로 몸의 균형을 잃
고 산중에 들어가 있을 때도 그를 아끼고 사랑하는 대중들
은 그를 완전히 외롭도록 버려두지 않았다. 그가 산중에서

새로운 정신을 탐색하며 거듭날 여유를 가질 수 있었던 것
도 사람에 대한 믿음과 연대가 바탕이 되었기 때문임을 짐
작하기란 어렵지 않다.

　새로 두시.
　그는 숲에서 새로운 세상을 만났다. 가장 큰 변화는 숲에
서 '식구'들을 발견한 것이었다.

> 처음 이 산에 들어올 땐
> 나 혼자 있다는 생각을 했다
> 그러나 내가 흔들릴 때
> 같이 흔들리며 안타까워하는 나무들을 보며
> (…)
> 숲과 나무가 내 폐의 바깥인 걸 알았다
> 더러운 내 몸과 탄식을 고스란히 받아주는 걸 보며
> 숲도 날 제 식구처럼 여기는 걸 알았다
> 　　　　　　　　—「숲의 식구」 부분, 『해인으로 가는 길』

　그는 그곳에서 병든 육신과 마음의 병을 치료할 수 있었
다. 대자연의 힘이었다. 거기서 그는 스스로 그냥 있는, 있
는 그대로의 자연, 곧 도(道)를 배웠고, "하루 종일 아무 말
도 안"하면서(「산경」, 『해인으로 가는 길』) 조화를 이루는 삶,

즉 무위(無爲)를 실천했다. 그런 가운데 또다른 자연인 숲과 나무를 식구로 대하고 사랑하게 되었다. 이들은 입산 이전에는 시적 대상일 뿐, 그와 대등한 존재는 아니었다. 원래부터 모두 한식구로 세상에 났으되, 그가 거리를 두고 그들이 그리울 때마다 다가가 바라본 것뿐이었다. 이제 그는 자연의 품속에서 그들과 한식구가 되어 삶을 되돌아보고, 평온하고 평화로운 시간을 되찾는 질적인 변화를 경험하게 된다. 시야가 넓어지고 애정이 더 깊어진 것이다.

세시에서 다섯시 사이.

그는 다시 산을 오르내리고 있다. 산에서 몸을 온전히 추스르기도 전에 사람들은(혹은 시대가) 그를 다시 서울로 불러냈다. 나는 그가 한국작가회의의 활동을 책임지는 중책을 맡게 됐을 때, 그의 건강이 걱정되어 이번 '잔'은 피할 수만 있으면 좀 피해보라고 말했지만, 내 마음속으로도 결국 그가 가지 않으면 안될 길이고, 또 그가 거절하지 못할 것임을 느끼고 있었다. 그는 언제나 그렇게 살아왔기 때문이다. 그는 산에서 산문(山門) 밖으로 내보낸 글에서도, 언젠가 그가 맡아야 할 일은 거절하지 않는 것이 순리임을 말하고 있었다.

시대의 의무, 내가 짐져야 할 것들을 짐지지 않고 물러나 있는 것 같은 죄스러움을 벗지 못하고 있다는 것입니다. 그러나 시간 속에서 보다 더 가치 있는 의무를 만나게 되리라 생각합니다. 그것이 작고 하찮은 것이든 보잘것없는 것이든 나와 나를 둘러싼 것들을 향한 더 의미 있는 의무를 만나게 되는 날이 자연스럽게 오리라 생각합니다. (…)

이제는 아주 천천히, 과욕을 부리지 않고, 평온한 속도로 걸어서……('시인의 말' 부분, 『해인으로 가는 길』)

나는 이 글 마지막 문단의 "이제는 아주 천천히, 과욕을 부리지 않고, 평온한 속도로 걸어서"라는 말을 믿기로 했다. 그래서 일단 안심하면서 '몸이 허용하는 범위 안에서 일하는 게 좋겠다'며 그를 불러내는 일에 묵시적으로 동의하고 말았다.

이번 시집 『세시에서 다섯시 사이』에서 그는 지난 시간 걸어온 삶에 대해, 그리고 앞으로 가야 할 길에 대해 명상하고 정리한다. 신발끈을 다시 매고 있는 것이다. 그중 먼저 눈에 띄는 것은 어린날의 기억들이다. 그 체험들은 그의 삶과 시를 이해하는 데 중요한 단서가 된다. "팔 할이 가난함과 외로움"(「나의 삶 나의 시 3」, 한겨레신문 2010년 7월 17일자)이었던 어린시절 가운데서도 가장 원초적인 체험은 '꽃밭'

의 기억이다. 초기시에서부터 지금까지 꽃에 대한 그의 애정은 대단하였고, 꽃들은 한시도 그의 곁을 떠나지 않았다.

지금도 내 마음의 마당 끝에는 꽃밭이 있다
내가 산맥을 먼저 보고 꽃밭을 보았다면
꽃밭은 작고 시시해 보였을 것이다
그러나 꽃밭을 보고 앵두나무와 두타산을 보았기 때문에
산 너머 하늘이 푸르고 싱싱하게 보였다
꽃밭을 보고 살구꽃 향기를 알게 되고
연분홍 그 향기를 따라가다 강물을 만났기 때문에
삶의 유장함에 대해 생각하게 되었다

　　　　　　　　　　　　　　　　　　　—「꽃밭」 부분

그는 늘 "옷소매에 소박한 향기가 묻어 있는"(「꽃밭」) 꽃의 시인이다. 그가 "처음 눈을 열어 세상을 보았을 때/거기 꽃밭이 있"어서(같은 시) 지금까지 치열한 싸움의 현장에서도 언제나 침착함을 잃지 않고 사물을 관조할 수 있었고(널리 알려진 시 「담쟁이」나 「흔들리며 피는 꽃」도 그 싸움의 한가운데서 나온 시이다), "향기를 따라가다 강물을 만났기 때문에" 조급하지 않고 목소리를 필요 이상으로 서둘러 높이지 않으면서 유장한 강물 같은 정신을 간직할 수 있었을 터이다.

그는 다산 선생을 생각하며 "현세는 언제나 노론의 목소리로 회귀하곤 했으나/노론과 맞선 날들만이 역사"(「새벽 초당」)라는 인식에 도달한다. 다산 선생에게 "목민을 위해 고뇌하고 싸운 시간만이 운동하는 역사"였듯이, "누구도 살아서 완성을 이루는 이는 없"으며, "자기 생애를 밀고 쉼 없이 가는 일만이" 역사라는 것, 그리고 "어떤 투쟁이든 값진 것은 과정일 뿐"(「쏭바」)이라는 깨달음을 통해 그가 살아온 운동의 역사성에 의미를 부여한다.

한편, 이번 시집은 산속 생활이 세계의 미래에 대한 그의 패러다임을 변화시켰음을 여실히 보여준다. 「미하일 고르바초프의 신」에는 물질을 생산하고 소유하고 분배하는 수단과 관계의 차이에 따라 나뉘어온 자본주의와 사회주의 두 세계 모두가 인간적 가치들을 버려온 점에서는 다를 바 없으며 그리하여 "자유도 사람과 자연과 사회의 원리와 통합하면서 착실하게 길 밟아나가야"하며, "소박함과 겸손함, 함께 노동하는 마을공동체를 통해 연대하는 마음과 관용"의 지혜가 중요하다는 인식이 잘 드러나 있다. 그가 생각하는 진보적 미래상의 단면을 그려낸 것이다.

자연과 생명에 대한 그의 인식은 「젖」에서도 잘 나타난다. "지진으로 도시 전체가 무너진 쓰촨성의 한 마을/돌더미 밑에서" 구해낸 갓난아이를, 한 여인이 "벽돌과 씨멘트

더미 위에 앉아서/재가 뽀얗게 내려앉은/제복 윗옷 단추를 하나하나 끌"러 젖을 먹이고 있다. 아이가 누구인지는 중요하지 않다. 절차는 더더욱 의미가 없다. 생명이 죽어가고 있다는 사실이 중요할 뿐이다. 가슴을 다 내놓고 "아이에게 젖을 먹이는 동안" 그녀는 "살아 있는 모든 아이의 어머니"이며, 대지의 어머니이다.

도종환은 80년대 이후 지금까지 자신과 시대의 고통과 환희를 온몸으로 체득하고 녹여서 눈물처럼 깨끗하게 정제된 빛나는 언어로 노래해온, 이 시대의 대표적인 서정시인 중 한 사람이다. 겸손하면서도 온유하고, 불의 앞에서는 온몸으로 분노할 줄 아는 '청년' 시인 도종환이 걸어온 순탄치 않았던 역정(歷程)으로 인하여, 그의 시에는 아름다움에 폭과 깊이가 더해졌다. 그리고 사람과 사물을 향한 그의 사랑은 더욱 치열해졌다. 그 과정이 그에게는 험난한 구도(求道)의 길이었지만, 그 힘과 진정성으로 그는 대중으로부터 세대를 넘어 널리 사랑받는 시인이 되었다.

다섯시 이후, 그의 시가 어떤 얼굴을 갖게 될지는 알 수 없다. 아직 다섯시가 되기까지는 시간이 남아 있고, 다섯시 이후라도 자정까지는 한참이나 남아 있으므로. 분명한 것은 그가 이미 진보적인 문학운동의 중심에 서 있고, '서까래'를 넘어 '대들보'가 되어 있다는 사실이다. 그가 앞으로 그려갈 아름다운 시세계를 곁에서 지켜보는 기쁨 또한 적지 않으리라.

裵昌煥 | 시인

　지금 내 나이를 하루의 시간에다 견주면 몇시쯤에 와 있
는 걸까요. 세시를 지나 다섯시 가까이 와 있는 건 아닐까
요. 이제 저무는 시간만이 남아 있다는 생각이 들기도 합니
다. 내 생의 열두시 무렵은 치열하였으나 그 뒤편은 지치고
병들고 적막한 시간이 이어지곤 했습니다. 머지않아 어둠
이 찾아올 것입니다.

　그러나 의기소침해하지 않기로 합니다. 아직도 몇시간이
남아 있기 때문입니다. 몇시간이 남아 있는 것을 고맙게 받
아들이기로 합니다. 어두워지기 전에 황홀하고 아름다운
노을이 하늘 가득 펼쳐지는 시간이 올지도 모른다고 생각
합니다.

　남아 있는 시간 동안 순간순간 시에 충실할 수 있으면 얼
마나 좋을까요. 여기까지 오는 동안 시가 늘 함께해주어서
얼마나 고마운지 모릅니다. 추천사를 써주신 최원식 선생

님, 발문을 써준 배창환 형과 꼼꼼하게 교정을 보아준 편집부 여러분들께도 감사의 인사를 올립니다. 고맙습니다. 여러분의 생이 아름답기를 바랍니다.

2011년 여름
도종환

창비시선 333

세시에서 다섯시 사이

초판 1쇄 발행 / 2011년 7월 18일
초판 20쇄 발행 / 2023년 5월 17일

지은이 / 도종환
펴낸이 / 강일우
책임편집 / 이하나
펴낸곳 / (주)창비
등록 / 1986년 8월 5일 제85호
주소 / 10881 경기도 파주시 회동길 184
전화 / 031-955-3333
팩시밀리 / 영업 031-955-3399 편집 031-955-3400
홈페이지 / www.changbi.com
전자우편 / lit@changbi.com

ⓒ 도종환 2011
ISBN 978-89-364-2333-9 03810